作者简介>>>

章山，本名张勇，男，爱好诗歌，有诗作见于报刊媒体。成长于交通建设者队伍，创作的诗歌既有建设者豪迈的一面，也不乏细腻入微，形成了深刻、流畅、通俗、唯美的创作风格。湖南日报《湘江周刊·湘韵》副刊、中国交通报《交通文化》副刊分别以《既生于心，就应拨动心弦》和《交通诗人，诗润交通》专文介绍了作者的诗作。

章山 著

我和你都知道

章山诗歌选

漓江出版社
·桂林·

图书在版编目(CIP)数据

我和你都知道 / 章山著. -- 桂林 : 漓江出版社,
2024.1
ISBN 978-7-5407-9515-3

Ⅰ. ①我… Ⅱ. ①章… Ⅲ. ①诗集 - 中国 - 当代
Ⅳ. ①I227

中国国家版本馆 CIP 数据核字(2023)第 149561 号

我和你都知道
WO HE NI DOU ZHIDAO

作　　者　章　山

出 版 人　刘迪才
出版统筹　文龙玉
责任编辑　宗珊珊
助理编辑　唐子涵
特邀编辑　张立云
插　　图　肖佳妮
装帧设计　云上雅集
责任监印　黄菲菲

出版发行　漓江出版社有限公司
社　　址　广西桂林市南环路 22 号
邮　　编　541002
发行电话　010-85891290　0773-2582200
邮购热线　0773-2582200
网　　址　www.lijiangbooks.com
微信公众号　lijiangpress

印　　制　武汉鑫佳捷印务有限公司
开　　本　880 mm × 1230 mm　1/32
印　　张　5.5
字　　数　97 千字
版　　次　2024 年 1 月第 1 版
印　　次　2024 年 1 月第 1 次印刷
书　　号　ISBN 978-7-5407-9515-3
定　　价　85.00 元

作者生活照　佚名/摄

喜欢你，从未说出口
但风知道，云也知道
就像，我喜欢
早春的杜鹃
盛夏的溪流
深秋的红叶
还有，寒冬的飘雪

苍茫之间，舒展的桥面

被琴弦般的拉索挽起

风过琴鸣，云过有声

我背起行囊转过身去，晚霞轻抚

眼角一滴泪珠里装满了星星万点

跨越　张勇/摄

看，长江干流上115座跨江大桥

看，神州大地80多万座公路桥梁，1万多公
　里高铁桥梁

看大跨径斜拉桥、悬索桥、拱桥、梁桥

中国桥梁以非凡的创造跻身世界第一

序：将刚健清新之风带入诗坛

⊙朱辉军

放眼当今诗坛，可谓乱花渐欲迷人眼。对此社会各界褒贬不一，但对任何事物还是要一分为二地看待。诗发展到今天，确实也已十分不易。尽管当今诗坛比较令人失望，但仍有相当一部分诗人在坚守，在开拓。来自建设一线的诗人章山，就是其中一位。

章山的诗作，他自己分为三类：抒情诗、工地诗和五言七言诗。无论哪种类型，他的诗都不无病呻吟，不故弄玄虚，而是自然流露，随物赋形，宛若清泉漱石、清风拂林，清雅又劲挺，令人如饮甘饴。

一、追索充满现代感的意象

对于诗歌，从孔夫子、柏拉图开始，中外古今的哲人、诗人等都提出了许多意见，大部分我都赞同。

这里，我想换个角度，提出：当代诗歌，应追求意象、意境、意趣的统一。

意象，这个来自古代中国的词语，已经为世界所认同。意象其实不仅属于诗，而且于诗而言至关重要。无意之象，多半是无根的苍白幻象；无象之意，就完全逸出了诗歌及艺术，可能是宗教甚至科学了。就诗歌而言，即使是什么抽象诗、打油诗、顺口溜之类，也多少要有些意象的成分。后期象征主义诗歌的领军人物庞德，受中国和日本的古诗启发，高扬“意象”的大旗，曾影响了几代欧美诗风，并反哺了新时期的中国诗歌。

章山应该是自觉地意识到了这一点。他经常为抓住了美妙意象而欣喜，又为捕捉不到或失之交臂于那稍纵即逝的“精灵”而苦恼。这是诗人常遇到的情况，连李白见到崔颢“晴川历历汉阳树，芳草萋萋鹦鹉洲”之后，也感叹“眼前有景道不得”。只有独辟蹊径，才能找到特出的意象。

组诗《城市印象》中有一首《十字路口的信号灯》，是这么写的：

很小却有挡住洪荒的力量
因为它的里面注满了理和利
于是忙乱变得有序
为了更猛地追逐，洪流在等待中蓄力

信号灯司空见惯，但写入诗中，将它与路口汹涌的人流连在一起，就产生了奇妙的化学反应。一巨一微、一静一动，满满的现代城市感扑面而来。

本来“意象”应该隶属于“意境”，意象如果是色块，那么意境就是五彩缤纷的境地。但“意境”却让中国古代诗人过多地染上了田园色彩，反而不如“意象”更令人流连。那么，到了现代工业信息社会，是不是还可以有“意境”呢？

不少诗人做过尝试，这里我们来看章山的努力。在《早春有感》中，他写道：

一树嫩绿池边站，云移水皱飘梦来。
风过虽有红花落，但看新蕾渐次开。

此诗中的“站”，不如用“立”，但“云移水皱飘梦来”，却堪称神来之笔。整首诗意境清香，散发出浓浓的早春气息。

写的虽然是当下情景，但多少还是比较接近古韵。《都市落日》则不同，完全是现代感觉。其中有一节是这么写的：

都市的落日
被高楼夹住，一点一点
一步一步用力向下滑去

摩擦的火星
把一幢幢大厦衬上红幕

这完全是现代大都市的写真，而且意境宏阔而璀璨。置于现代派诗林中，也并不逊色。

现代文明是工业化带来的，离不开在都市丛林中忙碌的建设者。章山在徜徉于都市的光影之际，对当代建设者也给予了格外的关注，并写出了一系列引人注目的作品。

组诗《桥梁建筑工》，勾勒了测量员、压路机手、钢筋工、质检员、塔吊工等伟岸的身姿。其中尤以对钢筋工的速写十分传神：

再粗粝的钢筋
也抗拒不了他们的双手
拧弯箍紧
织就的是跨江大桥的骨骼

此外，《架梁》《青春灿烂在桥梁工地上》《工地初雪》等，在题材开拓方面都付出了艰苦的努力。往大里说，给当代萎靡孱弱的诗坛，吹来了一股清新刚劲的风！

诗，有了意象、意境之外，还要有意趣？对。意趣，包括但不限于情趣，其内涵更为丰富。韦应物的《滁州西涧》历来受到推崇，就是因为此诗意趣横生，独出机杼。对于意趣的特点，严羽的阐说比较到位："其妙处莹彻玲珑，不可凑泊，如空中之音，相中之色，水中之月，镜中之象，言有尽而意无穷。"是故，诗不可写得太满，要给读者留下想象的空间；诗也不能写得太用力，那样很容易滑向矫揉造作。诗，及一切艺术，只有达到"意趣"的境界，才称得上"上品"。

令我欣喜的是，章山有些诗作接近了这种境界，《立夏的雨》尤其让我击节赞赏：

立夏的雨
是细润又浓稠的雨
我迎着粉红色的花走去
不只有雨声
还有越来越清晰的心跳和脚步声
愈来愈近
张臂相拥的一瞬
电光一闪
猛回首
繁花仍在水雾弥漫处

这首诗含有丰富的内蕴，是初夏声光色的交响。全诗妙趣横生而又耐人寻味，每次读后都会有不同的感受。

再看《少女的梳子》，诗人把秋风比作少女手中的檀木梳子：

梳过来，梳过去，一遍一遍，于是
天很高很蓝，风很轻、柔和，云很淡、飘然
奶奶的白头梳出了新丝
少女的辫子扎成了马尾
嗅一嗅，满满的都是金桂的芳香

比喻新奇、新颖，全诗行云流水，流畅无比。

粗略地检视一下，章山诗作的特点和个性已经跃然纸上。

二、怀有博大而丰厚的情怀

要获得生动而独特的意象、意境和意趣，需要经过诗人的慧眼捕捉、心灵酝酿、手下表达三个阶段。这就是郑板桥的“眼中之竹，胸中之竹，手中之竹”之谓也。

章山显然是独具慧眼的，还是在那首《都市落日》里，他自况曰：

落日永远在前方，渐渐成为
被风、被夜所模糊的幻影
唯有微笑的眼睛，能看见
永不落幕的风景

确实，不是一般人都能“看见”。这需要敏锐的眼光和感觉。唯有如此，才能见人所未见，乃至在人们习以为常处有新的发现与新的见识。

我们提前来说“手下表达”。这里涉及的是要准确生动传达出眼中、心中的意象，需要相关才能和技巧。古代诗人高度重视“炼字”“炼句”，不惜“吟安一个字，捻断数茎须”，就是为此。作为业余诗人，章山这方面还需进一步修炼。不过，他时常也有一些不错的篇什。如《工地初雪》写道：

跃出水面的桥墩
戴着，一顶白色的小帽
眯眼冷峻，远眺、远眺
威风中挺着几分孤傲

这里的“眯眼冷峻”用得极佳，非常传神地呈现了初雪后桥墩的意象，并蕴含着桥梁建设者的自豪感。

《广西明仕田园》用词更为大胆，连续的叠字，反而获得了意外的效果：

山峰云峰脸对脸，山影水影手牵手。
万里图画万里春，一叶扁舟任性走。

在“眼、心、手”这三者之中，心灵酝酿是最核心的环节。意象、意境、意趣之“意”，都来自心。诗人务必要有爱心、诚心、赤子之心和慈悲之心。唯有从心中流淌出的诗行，才能真正打动人心，并传之久远。

无疑，章山是始终怀有这样的好心的。《画画》中，就流露出他博大而丰厚的情怀：

风，从树梢划过
伞骨是树干
撑开的是一片霞光

画笔起落，我终于知道
不是因为自然的斑斓
而是在于内心的丰满

拥有了仁厚的情怀，章山将他的热情不断倾注到自然、社会、人生之中，尽情抒发对世间万物、芸芸众生的挚爱之情。

落日曾激发过许多诗人、画家的灵感与想象。章山也多次写过，除前述的《都市落日》外，他还写了一首《落日》。其中写道：

我是飞鸟从故乡衔来的一粒种子
在都市长成了一棵树
云过我颔首，风过我致意

唯有故乡山那头的落日
夜夜照进我的梦里

李白及许多古代诗人都曾见月思乡，章山却让落日令人梦绕魂牵，也属独辟蹊径；思乡之情同样深挚，但章山又设置了都市与故乡的巨大反差，让当代读者更有切肤之感。

都市很难给人浪漫的感受，厂矿工地更不是花前月下的合适场所。章山却从中发掘出了温情与爱情。《工地私语》就生动地呈现了感人的一幕：

灯影桨声鱼眠，还有我们彼此的心跳
交通船的探照灯正好扫过来，你扑进了我的怀里
我揽下了辰星月日

这对工人情侣的约会，大方坦荡，又不乏温柔缱绻，不仅与古代"静女"与情郎在城隅相见有天壤之别，也与当代的"山楂树之恋"有很大不同。章山写过不少爱情诗，如《四月密语》《一封未投寄的信》《多想在春光里与你重逢》《喜欢和你站在春天的树下凝望》，都含蓄又蕴藉，热烈而深挚。

因为爱得深挚，一旦美梦成真，常常会百感交集。《期待》就留下了这样的"激情时刻"：

是期待得太久，还是风仍然寒彻
我的泪珠迎风出眶，滴成
阳光下草尖上晶莹的水滴，和
树干上流出的蜜汁

当年艾青对故土“爱得深沉”，眼睛里也时常含着泪水。新一代的章山，却来得干脆，把泪水涌出眼眶，化作洒向世界的甘霖……

诗由心生，作诗从根本上说就是“以心换心”，以诗人的心绪拨动读者的心弦，从而产生呼应与共鸣。读章山的诗，我相信，许多人都会心领神会，在心底泛起涟漪。

三、主客观双向发力

先来看章山《漂亮》中的一节：

长得好看，那是因为白云徜徉在蓝天
我的客观成为你的主观
画画好看，画的是我心中的怒放
我的主观成为你的客观

这会让人想到什么？是想到青梅竹马，还是美丽邂逅，或是说不清、道不明的梦幻？同时，是否会想到前人的相关倾诉，比如卞之琳的《断章》："你站在桥上看风景，看风景人在楼上看你。明月装饰了你的窗子，你装饰了别人的梦。"

两诗当然不一样，但却有异曲同工之妙。"同工"在何处？有很多，主要的在于："你""我"主客观的互换。这涉及哲学、美学等问题，我们这里不说太远，也尽量不说太复杂，只谈诗学内的。

凡是我们心之外的，都是客观存在，甚至包括我们的身体。我们生存发展于客观环境中，除了自然环境，主要就是由他人构成的社会环境。诗人、作家，以及一切创造者（如章山诗中的路桥建设者），都要将客观化为主观；同时，在经过心灵的浸染、冶炼、融汇之后，还要将这主观化为客观。于诗人、作家来说是作品，于建设者来说就是他们在大地上建筑的各种工程。

为使作品或工程臻于完善，所有创造者都要从主客观两方面双向发力。就诗人而言，客观方面要不断探索外在世界，主观方面要不断把外在的内化，并不断充实扩展提升自身的内心世界。

作为从建设一线成长起来的诗人，章山具有这方面的优势，同时他也拥有这份自觉。

章山长期在建设工地奔波，投身繁忙的工作之余，他还观察、体会、思考、酝酿，积累了许多局外人所没有的丰富经验和素材。同时，他身体力行遵循"读万卷书，行万里路"的古训，游历了广东、广西、福建等地的名山大川，领略当地的风土人情，使他心胸为之开阔，对人生的意义与价值有了比较深刻的领悟。

置身于浩瀚的寰宇中，个人算什么呢？前人常以“尘埃”作喻，章山却想到了他时常在工地里见到的“沙子”：

细小卑微，沙子
犹如尘埃。在烁金的七月滚烫
在朔风中冰冷。但内心有坚毅
坚强。卑微细小也会有
生命的内核。……
……沙粒
能成就什么，问大漠雄风
青山苍翠，长风万里
看高峡大坝，城郭屹立

章山诗作的一个可贵处在于，即使是写爱情诗、哲理诗，也常常置于现代都市场景中，并多半会联系到他念念不忘的建设工地。将他誉为“路桥建设的歌手”，实在是再恰当不过。

人生无常。每当清明时节，人们都会为此深受触动。在细雨纷纷中，生者为死者肝肠寸断，而对自己难测未定的人生，则时常不免觉得惆怅感伤。《扫墓》就写出了这种深入骨髓的人生感喟：

陵园内墓碑一块块站立，有列有行
阳光下风雨中如受阅的方阵
松涛雨雾似呼吸的声响

晓月晨岚，斜晖夕阳
阳光把墓碑刻成明暗两面
山谷风起，有黄叶借风高扬

对无常人生了然于心之后，有的人随波逐流，有的人则更加努力。章山显然属于后者。他本具优异的才艺禀赋，又有后天勤奋的加持，爱好诗、书、画，陆续发表了不少佳作。苏轼曾说王维的作品“诗中有画，画中有诗”，我们自然不能拿章山去与王维相比，但在章山的诗与画中，却确实具有这样的特点。在当今分工日细的时代，这实在难能可贵。

天下万物，无论优劣，均为天赐；人生际遇，不管顺逆，都是机缘。读懂了自然、社会、人生的奥秘之后，我们必然心存感激。章山于是写道：

有太多的感动、感佩，深埋于心底
欲说还休，待到满山芳华花香果甜
鼓足了勇气想要再去表白时
却云随风散，只能寄语蓝天

还好，章山这次没错过。这部诗集，可以看作是他深埋于心底的感动与感佩的集中抒发，是他对人生平安、岁月静好的热切期许。当然，也可视为章山前半生写作方面的一个小结吧。

未来依然还有漫长的人生之路要接着走，他对此有十分清醒的认识。在《年关》中，他领悟到：

岁月
似溪流
匆匆、不舍
大海不改半分胖瘦

人生有限，时间不息，宇宙更是无尽无头。章山至此，接近了形而上的层面，接续了孔夫子“逝者如斯夫”、曹孟德“明明如月，何时可掇”、陶渊明“纵浪大化中”等的幽思。每一位诗人，如果能给人间留下一些具有特殊美感和高远思绪的东西，就算是汇入“不改半分胖瘦”的浩瀚大海，亦不负苍生不负天矣。

2023年世界读书日于兴隆

（朱辉军，著名文艺评论家、美学家，中国文联出版社原副总编辑，《中国艺术报》原总编辑。）

目录

辑一　少女的梳子（抒情诗选）

辑二 工地私语（工地诗选）

辑三　仿古抒怀

水墨洞庭　陈浩（中国摄影家协会会员）/摄

辑一

少女的梳子

抒情诗选

坝上晨雾　陈浩（中国摄影家协会会员）/摄

喜欢和你站在春天的树下凝望

喜欢你，从未说出口
但风知道，云也知道
就像，我喜欢
早春的杜鹃
盛夏的溪流
深秋的红叶
还有，寒冬的飘雪
但我却从未说出口
哪怕你就站在我对面

我——喜——欢——你
却没有说出口，不只是
因为字字千金，还担心

一旦说出，你却忽然消失了
相遇只有在下一个绮丽的梦里

我讨厌的有很多很多
我讨厌下起来就没完没了的苦雨
让我忘记了太阳的模样
讨厌病痛和肆虐的疫情
讨厌一切见利忘义的勾兑

我讨厌的，我从来都
把它们刻在脸上，为的是
让风知道，让云也知道
我的讨厌，是玫瑰上的刺
是，带刺的盔甲

我喜欢，和你，站在春天的树下
满身披上阳光透过树叶缝隙的光亮
沐浴春风的温柔，凝视、相望
没有虚情假意，没有嘈杂喧嚣
风知道，云知道，我和你都知道

湘西风情　张勇/摄

如若都在，那该多好

人生，不是短跑
无暇风景只有冲刺
人生，是漫漫长跑
远方遥远，风雨相依

因为赶路，忽略了风景
因为赶路，忘记了感叹
因为赶路有太多的表白未能表白
因为赶路，再回首时，已是万里霜天

有太多的感动、感佩，深埋于心底
万般缱绻，唯有山涧清流不负真情
不是不愿表白
只是，只是因为没有合适的场景

有太多的感动、感佩，深埋于心底
欲说还休，待到满山芳华花香果甜
鼓足了勇气想要再去表白时
却云随风散，只能寄语蓝天

有太多的感动、感佩，终于可以说出
青青子衿，只是韶华不再人生已老
感谢的是，所有的人都在
如能一直都在，那该有多好

黄山松涛云雾　袁胜男/摄

漂亮

每次相遇，好像风停了山却在飘
你不断地说我长得漂亮，牡丹画得炫丽
你说的时候眼底有亮光
我听的时候心里有涟漪

长得好看，那是因为白云徜徉在蓝天
我的客观成为你的主观
画画好看，画的是我心中的怒放
我的主观成为你的客观

每次遇见，白云浪漫
每次遇见，霞光灿烂
你说的时候眼里放光芒
我听的时候心中起波澜

多想在春光里与你重逢

多想与你重逢，想弥补我的亏欠
不是我曾做错了什么，而是总觉得
有什么地方未曾做到完美
比如，那个春夏之交的夜晚
立夏的雨，刚烈地砰砰地砸在马路上
我为何没有挽留你在我的茶室品茶
比如，那个秋天
蒙蒙细雨中，我为何没有
为你撑起一把雨伞
你风雨中的背影像雨雾一样
一直挂在我的眼帘

我想与你重逢，重逢在春光里
草在风中摇绿，花在雨中醒来

湖岸嫩柳依依，湖中万朵红霞
我和你重逢，重逢在春光里
没有被疫情掠走，没有被意外意外
茶好伞在人安，黄山松月西湖雨
烟花燃尽，更有霞光满天

快乐早晨　陈浩（中国摄影家协会会员）/摄

四月密语

清明刚过，苍天就收住了悲泪
阳光穿过薄云。思念如风
在这个季节瞬间消失

天空一改沉闷
春风舞动明快的画笔，四处渲染
花海云霞

阳光潇潇洒洒洒落
一对情侣执手水岸。此刻
春风剪柳，杜鹃向阳

蚯蚓拱隆起新鲜清香的泥土
在风中起舞的不只有莺飞草长，还有
蓬勃的心跳和满天的风云

春天的故事

春天来到的时候，风还没有把寒冷的风刃完
全藏好
有雨有雾有风还有笨拙的冬装
风与花像一场爱恋
风一遍一遍撩过，一朵一朵
娇羞的花蕾染上红晕，终于
花瓣一层一层被风剥开
像久别重逢，风吹醒大地
大地从冬眠中抖擞，不再萧条
小草也振作起来
杨柳随风一摆，扫出一片新绿
油菜花把田间地垄涂抹成一片金黄
杜鹃遍布山坡像绯红的轻云连绵
熬尽了前世今生的因缘
你在雨中徘徊，我在风中等你
因为春天，我们有迎风飘扬的故事

夜市摆摊人

在春雨绵绵的夜晚摆摊
雨丝是浓浓的味精
人流朦胧，灯影渲染
微风翻动云雨，夜晚不再沉默
雨雾中的黑夜穿上了春天的衣衫
二月浓情，三月桃花香
收摊回家的路上，春雨如歌 ，山海梦幻

西藏风光　张勇/摄

期待

春天来了，其实我的心很早就已抵达
在春天将要开启的早晨，我站在路旁
像即将返绿的小草，像等待再次开花的桃树
风不停地跑过来告诉我
关于冬天、关于春天，还有你的讯息
是期待得太久，还是风仍然寒彻
我的泪珠迎风出眶，滴成
阳光下草尖上晶莹的水滴，和
树干上流出的蜜汁
终于有一天，你随风来到
我们四目相逢
你看见了我草色连阶，花开依然
我看见了你眼眸里的，春潮开闸，山海辽阔

立夏的雨

立夏的雨
是春天姑娘挥别的雨
缠绵柔情
水雾弥漫处
她撑着一柄粉红色的绢伞
款款走来
像一朵
一瓣一瓣渐次盛开的玫瑰
在雨中吐艳

立夏的雨
是炎热莅临的雨
豪爽刚烈

带着风、电和沉闷的声响
嘭嘭砸在黑色的雨伞上
涓流跃着水花四溅

立夏的雨
是细润又浓稠的雨
我迎着粉红色的花走去
不只有雨声
还有越来越清晰的心跳和脚步声
愈来愈近
张臂相拥的一瞬
电光一闪
猛回首
繁花仍在水雾弥漫处

六月情话

做一片云，是否就有了
丰富的世界
做一片树叶，是否就只有
单调孤寂
来来去去的风，在说什么
有谁能听懂
单调的六月，像是一把打开的折扇
有抱在枝头的杨梅，有
亭亭玉立的荷花
我愿意是一池的绿波，整日
忠诚地守候，看荷梗一节一节
冲出淤泥的包裹，看荷花
跃出水面，妖娆、洁美

我愿意是一阵晚风

把夕照的余晖洒满枝头，看见

红色的蜜汁浸染了你娇嫩的嘴唇

于是，六月的梦乡里

有了轻声哼唱的小夜曲

幸福新人　张勇/摄

迷茫

小时候，喜欢城市的高楼
羡慕城市的同龄亲友
每天都在高楼之间游戏
可以坐着电梯上下晃悠
可以抱着白云，骑行
可以在高楼上与星星轻声地交流

长大后，向往城市
羡慕在高楼中的办公一族
红色的领带配浅色的衬衣
可以搂着白云照相
可以和月亮说上话
可以手端咖啡，倚窗向着星星笑眯眯

如今，在高楼中按部就班的我却迷茫了
是因为楼太高，人显小
还是因为风太大
星光黯然，白云飘飘

桥梁工地　张勇/摄

扫墓

每次扫墓，带去的东西都很轻很张扬
容易被雨打风吹，销蚀于无形
花、纸钱、纸房

每次扫墓，带回的东西很沉重很夸张
关于生死，关于人生
庄重地把脑袋充塞得满满当当

陵园内墓碑一块块站立，有列有行
阳光下风雨中如受阅的方阵
松涛雨雾似呼吸的声响

晓月晨岚，斜晖夕阳
阳光把墓碑刻成明暗两面
山谷风起，有黄叶借风高扬

城市印象（组诗）

十字路口的信号灯

很小却有挡住洪荒的力量
因为它的里面注满了理和利
于是忙乱变得有序
为了更猛地追逐，洪流在等待中蓄力

夜晚的灯光

光亮超过了银河
只是不知道我们究竟是
醉心于你的绚烂
还是迷茫于你的泛滥

广场舞

不为舞蹈而生却舞成了一道风景
有世上最多的参与人数
一转身都会刮起一阵风
快乐的风吹进心底，彩蝶更翩翩

共享单车

随风四处
走完最后一公里
却像扔掉青草一把不顾
丁零哐啷，似在唱着忧伤的歌
“酒干倘卖无”

城市的天空

城市的天空
是楼房的世界
高楼从云天外斜插下来

撑破的不只是空间

还有我不得不膨胀的欲望

只是没有了四面的风

起伏的风筝

不再是我心中的凌空翱翔

起吊箱梁　张勇/摄

都市落日

风月有边，大厦作伴
没有日暮苍远
路灯和行道树像礼兵肃立
前方是车流如织，后面是
车流如潮。都市的落日
被高楼夹住，一点一点
一步一步用力向下滑去
摩擦的火星
把一幢幢大厦衬上红幕
十字街头行人匆匆，城市的叹息
掀起一阵微澜，抚过
一张张生动的脸庞
落日永远在前方，渐渐成为

被风、被夜所模糊的幻影
唯有微笑的眼睛，能看见
永不落幕的风景

都市落日　张勇/摄

城市的夜晚

我是天外的一颗流星
在城市夜晚的
上空徘徊

城市的夜晚是
灯火的光海
烧红的混沌

一盏一盏，一片一片
一堆一堆，一捆一捆
簇拥着万家灯火沸滚

城市的夜空
煞似银河换了一个方向
我要冲去追寻璀璨的梦乡

我向前疾飞，沿着
一排排、一行行
巨龙般蜿蜒的光带向前

向前的路灯闪耀着无尽的辉光
尽头不停地向前延展
我向前，不停地飞翔

我驻足停下来
站在高高的楼上
四处寻找心仪的姑娘

一栋栋、一层层都披上了婚纱
万千姿态争芳斗艳
争芳斗艳我神魂激荡

我兴奋地到了
喧腾的十字路口
想以我流星的光亮照彻广场

可那汽车的光芒
一波一波像浪涛前拥后扑
我微弱地似一只萤火虫般呆望

终于我累了
酒吧的霓虹灯眨着眼睛
不住地闪烁召唤我小酌

我循着光亮向前
却收到了环卫工反光背心的光波
和周遭飘出的忧伤的长歌
“明天你是否还记得我现在的样子”

桩基施工　张勇/摄

端午遐思

端午的雨水
从汨罗江聚集
连绵千年未曾枯竭
雨多水多满满都是追思的故事

端午的龙舟
从汨罗江开出
千山万壑唯见奋楫争先
一浪浪呐喊喊出的是先贤的嘱咐

怀沙投江终成千古
粽叶飘香，江山仍在
九州故园新美如画
薄暮雷电，魂兮可归来

落日

都市里，落日不是在山的那头
山的那头是我故乡
都市落日被高楼夹住，在楼宇间降落
如炉灶里的柴火越来越旺
摩擦的火花把楼宇烧成剪影
一江瑟瑟，是江流是车流
圆圆的红日在路的尽头
是过往的句号，是炫目的画

我是飞鸟从故乡衔来的一粒种子
在都市长成了一棵树
云过我颔首，风过我致意
唯有故乡山那头的落日
夜夜照进我的梦里

长河落日　张勇/摄

影子

很多事，影子与风诉说，像缠绵的诗行

风很轻，影子很长也很轻
夏夜里行走在大地
孤灯在身后，影子在身前
渐渐前行的影子搅碎了池塘的水面
蛙声一片，夏夜的风清凉、沉静

月色很浓，影子迷蒙
深秋里繁华的大街上，无数灯光的影子四面散开
渐渐地融入月色之中
蝉声一片，思念跨越山水又亮又圆

风很重，影子很重
冬夜里在呼啸的北风中奔走
残灯在左影子向右，影子在累积的温热中冒
　出热气
风声一片，影子用长长的慢跑为来年热身

春雨无声，影子无痕
春夜春梦都在长河晓月中
淅沥的春雨装点了灯影模糊了影子
多情的影子在雨滴的空隙中跳跃
雨雾一片，寂静中聆听春笋拔节的声响

影子走过四季，满天风云，一片苍茫

渡口秋雾　张勇/摄

少女的梳子

行走在秋天的旷野，风柔柔地滑过
秋风好似少女手中的檀木梳子
梳过来，梳过去，一遍一遍，于是
天很高很蓝，风很轻、柔和，云很淡、飘然
奶奶的白头梳出了新丝
少女的辫子扎成了马尾
嗅一嗅，满满的都是金桂的芳香

在山中拾取一枚红叶，看夕阳坠下
晚秋的风像少年手中的一把镰刀
宣泄时，从上往下左右划下
红枫像舞蹈的精灵，在叙述最后的精彩
谢幕的落叶，告诉人们冬季就在拐角处等着

收割的镰刀从外往里用力
果实扑向大地的怀里
有种子没有归仓，沉睡在泥土里
静静的，无声无息，只待来年开春再冒出新
　芽一片

洞庭牧歌　陈浩（中国摄影家协会会员）/摄

街心花屋

风、电光先于暴雨抵达，白天
成了黑的夜，小鸟低空盘旋
树木，还有房屋向后倒去。有
风沙追着我跑，有
风沙迎面打痛我的脸。跑得
再快，下雨前我也无法跑到
公交车站。幸好，街心有一处花屋
一屋的鲜花，还有
买花女孩忙碌的身影，总让我
生出许多绮丽的念想。到了
我要进去躲雨，今天
我一定要告诉她：她
是我心中一年四季的春天

懂你

风在说什么
山脉能听懂
树叶能听懂
云能听懂

云在说什么
月亮能听懂
星星能听懂
风能听懂

你在说什么
我能听懂
我们回首有曾经
向前松月溶

画画

风，从树梢划过
伞骨是树干
撑开的是一片霞光

画笔起落，我终于知道
不是因为自然的斑斓
而是在于内心的丰满

把所有的憧憬捣碎成颜料
让每一笔都成为跳动的交响
那满纸流淌的就是春天的花香

等待

华灯初上
激情燃烧的晚霞挥洒灿烂
我在霞光下等待
等待什么，风过无声，心有斑斓

等待女儿笑靥如花跃出校门
高考日，我是身穿旗袍守候在外的母亲
等待母子被平安推出产房
产房外，我是产妇的丈夫、新生儿的父亲

我，是路边摆摊的大妈
每售出一份小吃，我的笑脸是灿烂的
我，是匆匆的快递小哥
我擦拭额头汗水的姿势是美丽的

我在雨中奔跑
期待雨过天晴的彩虹
我在奋力攀登
期待登高望远的恢宏

我期待，开窗海阔天空
我期待，开门繁花相迎
我期待所有的梦想都值得期待
我期待，创造生发的豪情

等待，我们一生都在等待
等待生命绽放奇迹
等待，我们一生都在等待
等待生命最终无声的圆寂

东方破晓
天边的朝霞如万道金箭
我身披朝晖临风等待
晓风拂月，心拥绚烂

高原风情　张勇/摄

一封未投寄的信

总是与你错过，在你最好的年华
当我来到时，一湖亭亭的荷花
已被深秋的风霜打散
依稀的残莲仍能看出你曾经的芳华

我，也想在我最好的华年
让我们有世上最好的遇见
不是不够努力，只是岁月未曾偏爱
风霜在我的面庞也刻下了粗粝的沟坎

所有的跋涉都是心向远方
明年春天我们去种下万吨向往
在九天长风中耕犁万朵白云
再看江海翻波、万顷稻香

终于等来了一场秋雨

终于等来了一场秋雨，一滴一滴
滴在了枯黄的树叶上
滴在了田埂、河床龟裂张开的口里
暑热消退，夏天般的燥热裸奔着跑进了冬天

于是，蛙鸣蝉噪都躲了起来
银杏叶挂在树上挣扎
红枫在舞蹈，欲说还休
月亮像远走的绿皮火车隐没在记忆的隧道

愿意也好，不愿意也罢
任性的风就这样挟着冷热飘来飘去
湿漉的地面映着晃悠的灯影
诉说的都是似水的流年

年关

时间
是钟摆
滴答、从容
永不停留

岁月
似溪流
匆匆、不舍
大海不改半分胖瘦

回首一瞥，万山再次白头
还好，我在自由地行走
我知道，我享有的
是，一份淡定优雅的温柔

冬月里的三月桃花

冬月里，我和你一身北风向南
抖落冰冷的黄叶
在南方的海边换上春秋外套
听大海用涛声讲述过往的故事
沙滩银亮，海礁苍老
一只海鸟向下俯冲
侧脸西望，太阳跃入海中
沸腾的海水溅红天幕
你的面庞如三月桃花
我的心海春潮如歌

年关，我要用一次长长的慢跑为来年热身

又见年关，总是有晴有阴，总是阴霾多于灿烂
我要用一次长长的慢跑，甩掉发梢上冰冷的冻雨
用一次长长的慢跑，剥落心灵层层的结痂
用逐渐集结的微热，去驱散沉积的寒湿
就像准备北返的候鸟在滇池精心梳洗
就像北方冰河下涌动潮流在为开河鸣哨
我要用一次灵魂的长跑，为来年热身
如果一切放下，每次遇见就能花开不败
如果只要冷静，每次相逢就能无怨无悔
那我就裸奔，不再牵挂，不畏寒暑
灵魂从此晴朗，双脚从此轻盈

漫天飘落风花雪月，沿途掠过灼灼桃花
没有违心的苦笑，没有不堪的重负
开门繁花相迎，开窗海阔天空
就像海风吹拂蔚蓝，就像高山奔腾溪流

又见年关，有阴有晴
我要用一次长长的慢跑
用一次灵魂的慢跑，为来年热身

雨后山村　陈浩（中国摄影家协会会员）/摄

似水流年（组诗）

冬天里的倔强

有嫩芽向上伸直
有举着秋天的火把一直燃烧的红枫
虽然冬天里有许多的倔强在内心坚持
但难免都是似水的流年
如湿漉的地面映着晃悠的灯影

北风

以为风很柔软，但寒冷
却是锋利的刃，一来一去
任何生命的光鲜都被割得鲜血凌乱

而风刃却从未钝卷，就是
顽石也只能以风化告终

岁末

冻雨不能封冻溪流，飘零的落叶
一半随波逐流，一半铺满大地
看天边最后逝去的那抹晚霞，从此
只有回忆如影集里的照片一帧一帧回放，从此
孤独像水池中漂浮的黄叶，独自
饮啜喜欢和哀伤

画一幅冬天里的童话

冬天再次如约而来，到处
都是凄黄的落叶，我想
为冬天打上厚厚的粉底
画一幅冬天里的童话
雪花早早地到来，掩埋
所有的陈旧
寒梅探出红脸，雪橇滑出辙印
清晨，红日印窗
傍晚，红霞飞雪
我和百岁母亲系着大红的围巾在雪地里健步
长河两岸，桃花盛开
睡梦里，鼾声是冰河下潺潺涌动的春潮

我和你都知道

风不一定知道
你不一定知道
但云一定知道
朝霞是黎明与暗夜拼却了最后一搏
喷薄的新生
晚霞是燃烧了自己
等待下一个天明的宣告

云不一定知道
你不一定知道
但风一定知道
绿芽是春风消融了冬雪
启程春天的宣告

红叶是花果饱蘸夏日的浓烈
是秋天成熟的宣告

风不一定知道
云不一定知道
但你和我一定要知道
对足下土地的坚持是我们的宣告
高山大海，有诗有远方是我们的宣告
风轻轻，云飘飘
我和你都知道

怀想

风起的时候云聚云散
我在风中想你
晚风阵阵都是曾经的味道
灯火阑珊，不再是孤灯一盏
时光把你的模样雕刻成了一幅画
我翻开每一本书，扉页上
都是你青涩的容颜
头发扎成的马尾像
跳动的火焰在我的眼底燃烧
夕阳西下，芦苇摇曳
风从遥远的地方吹过来，水岸边
你沐风轻履，我数着星星
等你来

云南雪山　张凯浩/摄

一只流浪狗和一群流浪狗

腊月里，寒风在都市高楼的缝隙里穿梭
呼呼地似乎能把一切穿透
在街心的一角，趴着一只流浪的狗
它流着泪颤抖
我与它相遇，我顺着它黄白相间厚厚的绒毛
　抚摸
它眯着眼睛看着我，满满的渴望
我读懂了它的哀怨和向往
于是，我抱起它驱车向郊外山坳里的留置站
　奔去
到达时，山坳里犬声一片，那是生命的交响

我愿做桃子湖的一朵荷花

岳麓山下有一桃子湖，美丽怡人。每年荷花铺满湖面，让人充满遐想、流连忘返。

盛夏的风吹过湖面
一湖的绿叶把荷花捧起
白里透红，在风中摇曳生姿
这里有清凉如许，这里有爱情沉醉

秋风浓重，绿色渐渐褪去
虽然枯萎，但绝不凋零
即使一池残荷
也有听雨的绝美

风中，雨中，我在这里流连
双眸深处是纯洁的原野
装下了千年书院晨钟暮鼓
永远的相依相随

风知道，雨知道
我愿做桃子湖的一朵荷花
饱蘸岳麓山的风韵
昂首也傲然，低头也妩媚

荷美　张勇/摄

黄昏

一阵风吹过来，黄昏
就被黑夜卷走了
风里云里雨里，沾着
黎明的雨露出发，抵达时
看见，建筑工人的身姿
被光影画在了塔架上，水牛
三三两两地躺在草地打盹
疲倦的小鸟，掠过
浮在水面的天空。烟云弥漫
有时阴郁，有时灿烂
有时一脸茫然、一片苍茫
有时风云际会、千帆鼓动
有月亮的时候，星星像音符洒满天空

有夕阳的时候，我和你的身影长长地合在
　一起
时光把你我浓缩，此刻
我不知道是否应该愁闷
但心总有被电击的瞬间，总有
一些黄昏让我们怦然心动

期许

春天多情地走了
留下桃李芬芳
夏天热烈地走了
留下一江霞光
秋天甜美地走了
留下大地金黄
冬天呼啸地走了
万物复苏生长

你，是要走了
还是在来的路上
是心向白云
还是吟走山岗

我，回首问岁月

岁月不声张

我，张臂向未来

未来有欢畅

辑二

工地私语

工地诗选

工地晨景　张勇/摄

桥梁工地

在枯水的季节，打下
桩基的第一根桩，泥浆
如春天犁铧翻起的波浪
打完桥墩第一盘封底混凝土，曙光
铺满江面。收工的队伍
与栈桥、山峦、倒影定格成剪影
索塔像壮实的小伙子，挺立
苍茫之间，舒展的桥面
被琴弦般的拉索挽起
风过琴鸣，云过有声
我背起行囊转过身去，晚霞轻抚
眼角一滴泪珠里装满了星星万点

索塔生辉　张勇/摄

工地初雪

入冬的初雪
不急不慢，不慢不急
风呵着雪，风雪依依
一层一层，在河岸把沉谧码起

跃出水面的桥墩
戴着，一顶白色的小帽
眯眼冷峻，远眺、远眺
威风中挺着几分孤傲

清晨，旷野胸腔起伏，吐出迷茫
工地食堂蒸着白面馒头
升腾的水雾，熏得

满屋的灯光打皱

两位年轻的测量员
向前向前，扛着仪器
雪地里向前向前的，是
腾腾冒着热气的足迹

吊运箱梁　唐青/摄

今夜，香炉洲大桥开钻

今夜星光灿烂，湘江的夜空
在七一穿上了百年盛装
今夜，我要在香炉洲上
打下这湘江大桥江心的第一桩
我们曾在大江大河上
打下过万根桩基
但今夜，仍像初恋时一样
把月亮捧在手上捧在心上

晚餐时工友和着老窖的酒香
万无一失、万无一失，嘹亮地唱
红绸制成的横幅夺目地躺在钻机旁
等着像新娘的红花挂在钻机上

开钻，开钻，电钮一按，钻机轰响
划开淤泥穿过碎石，钻头抵达岩层上
成孔洗孔浇筑，桩基一炮打响
今夜我们点燃的礼花是，桩基坚强

今夜欢乐不眠，焰红还摇曳在夜空上
香炉洲钻机平台上的欢乐摇醉了湘江

辉映桥塔　张勇/摄

架梁

八月火红，高铁工地滚烫
太阳像一盆火烤焦大地，晓月
未褪，红色的架桥机展开臂膀
在列队受阅的桥墩上行走
像拾取一枚红叶，八百吨重的箱梁
在架桥机的怀里舒展，被
轻轻地安放在桥墩上
穿过山坳，穿过山谷
穿过一片片金黄的稻田
白云朵朵，高耸的架桥机跨山
越水，行走在沸腾的高铁工地
身后苍翠的大地绵延一行
猎猎飘扬的红旗。夕照山眠
一条新的高铁线奋力追逐满天霞光

搏击长河　张勇/摄

工地私语

工地春天的夜晚，空气里弥漫甜甜的雨丝
通往江边工地的小路泥泞，翻起的
都是春天的气息
哗哗涛声，传来一两声鸣笛
我们手牵手，绕过一个又一个基坑
一盏盏红色的小灯，那是生命的值守
我们说的是我们的事
我们说的都是工地上的事
风记住了一遍又一遍，风写在了日记里
风为我们吹散了雨雾，我们在江边倚栏偎依
我把白天在山上采来的几朵映山红捧给你
你把花别在了发夹上
灯影桨声鱼眠，还有我们彼此的心跳
交通船的探照灯正好扫过来，你扑进了我的
　怀里
我揽下了辰星月日

记忆中的那座施工钢便桥

施工钢便桥横卧在水中，不只是看水波、看水草
其实也是躺着在看蓝天，在看塔吊起落
看施工平台上沸腾的场景
起风时，桥下水波潋滟一路追逐
下雪时，雪落无声，钢便桥披上了素白的风衣
朝阳夕晖间，钢便桥上机器的轰鸣声、忙碌的身影
与山水共振出苍茫的旋律，化成
夜晚的星空、风云。旁边
一根根桥墩桩基，如竹笋
从水下一节一节窜出，挺立

云水移动，施工钢便桥变成了宏伟大桥的
倒影
在荡漾中镌刻成了我和工友们记忆中的风景
就像许多消失了的事物换一种方式成为永恒

工地夕照　张勇/摄

曙光苍茫又是一夜未眠

又是七月，夸张的酷热
发烫的江水、栈桥、沙子
都冒着热气
一条简陋的施工便道抵达江边
一根电线杆躲在水杉树下，想要
躲避暴晒，低头藏在树荫里
江水漫过河滩
没有鸟停留，也没有虫鸣
黎明，才有几只虾在私语
我朝江中望去
施工平台上有古铜色的忙碌背影
苍茫曙光，告诉我昨晚一夜未眠的故事

焊接　张勇/摄

沙子

细小卑微，沙子
犹如尘埃。在烁金的七月滚烫
在朔风中冰冷。但内心有坚毅
坚强。卑微细小也会有
生命的内核。如，水滴
能穿透冥顽的石头，一丝
春风能撕破寒冬的铁幕，一缕
阳光能铺成漫天朝霞，一粒
种子能孕育万顷稻香。沙粒
能成就什么，问大漠雄风
青山苍翠，长风万里
看高峡大坝，城郭屹立

刺破青天锷未残　张勇/摄

战长江　张勇/摄

我来了，中国桥梁

我来了，中国桥梁
迈着正步，在金秋的十月走过天安门广场，
　接受祖国的检阅
我来了，中国桥梁
队伍雄壮，步伐铿锵，向着太阳前进，向祖
　国行注目礼

远古洪荒
伐木搭桥，人类征服自然的梦想不断跨越
华夏春秋
中国桥梁在远古的时代有非凡的创造
人类文明
中国古代木桥、石桥和铁索桥长时间保持世

界领先水平

风雨如磐

近代中国，中国桥梁在时代的惊涛骇浪中沉寂沉沦

雄鸡一唱天下白，敢教日月换新天

崭新的中国

中国桥梁开始了大步跨越

武汉长江大桥、南京长江大桥彩虹飞架惊艳世界

长沙橘子洲湘江大桥擦亮中华双曲拱桥的亮丽名片

东方风来满眼春，九州无处不欢腾

世界最长跨海大桥——港珠澳大桥

世界最长高铁桥——丹昆特大桥

世界跨度最大公铁两用大桥——沪苏通长江公铁大桥

世界跨径最大钢拱桥——朝天门长江大桥
南京大胜关长江大桥
浙江嘉绍大桥
云贵北盘江第一桥
还有湘西矮寨悬索大桥
一座一座震撼世人的大桥向我们走来
看，长江干流上115座跨江大桥
看，神州大地80万座公路桥梁，1万多公里
　高铁桥梁
看大跨径斜拉桥、悬索桥、拱桥、梁桥
中国桥梁以非凡的创造跻身世界第一

大江大海，云蒸霞蔚
高山峡谷，风起云涌
中国的桥梁建设，名扬海外
桥梁，中国建造的新名片
中国桥梁方阵
威武雄壮地走过金秋十月的天安门广场
中国桥梁，旋律昂扬
汇入，中华民族伟大复兴交响曲

出征之前　张勇/摄

大地琴弦　张勇/摄

桥梁建筑工（组诗）

测量员

闭着一只眼
只是为了另一只眼
能看清
双眼都感到无奈的坐标点

压路机手

完成一次振荡
那是滚压的冲刺
身心随之起伏
把桥头的填土夯得更实

妆点辉煌　张勇/摄

钢筋工

再粗粝的钢筋
也抗拒不了他们的双手
拧弯箍紧
织就的是跨江大桥的骨骼

质检员

一遍一遍
东西来回、上下攀爬
平凡的双眼
早已是显微镜
在成吨的混凝土中
发现黑与白的发丝

塔吊工

清晨顶着朝阳上岗
傍晚骑着晚霞下班

在百米索塔上

猎猎风啸是劳动的号子

茫茫云水是高歌的声浪

晨曲　张勇/摄

青春灿烂在桥梁工地上

工地在江边生长
青春就在工地灿烂
桥墩日日长高
钢筋铁架也有青春

江水滔滔奔流
桥墩春笋拔节
挺拔向上的青春风姿
高耸塔柱凸显青春力量

清晨我走上塔架
青春与旭日同辉
大地一片金黄

我在高空唱响青春

劳动的号子阵阵
力量聚沙成塔
工作滋润着青春
青春创造出财富

黄昏我走下塔架
霞光驱走疲惫
星光灯光汇聚工棚
夜空溢满青春的欢歌

大桥飞跨江河
青春亮丽成彩虹
青春收获了成长
青春灿烂在桥梁工地上

工地五线谱　张勇/摄

冬日暖阳下的水上应急抢险队

江边，一排排胡杨枝丫向上
一排排晚霞绯红绯红
万道霞光剪影着胡杨，逶迤远方
冬日里不只有肃杀和冷峭
温暖温柔，冬日也有暖阳
微风淡淡，江水柔柔地向下
波光粼粼，波光缓缓地向上
有树叶在炫耀最后一抹金黄
冬日里的暖阳温暖而又温柔
柔柔地缓缓地，仿佛凝滞了时光
想知道，穿行在冬日的暖阳
是深秋不舍的尾巴
还是寒冬到来之前难得的时光

风无声，水不语

只有江边应急抢险的千吨浮吊将巨臂伸向
　云天

在苍茫的暮色中庄严、昂扬

昂首向天　向涛/摄

索塔雄姿　张勇/摄

辑三

仿古抒怀

面朝大海，风和日丽　张凯浩/摄

七一抒怀

赤旗展百年，今朝梦成真。
风起长天阔，追梦有来人。

国庆抒怀

征程坎坷千万里，山川锦绣看今日。
神州无恙告先烈，赤旗向前大风起。

岳王亭　欧福永/摄

岳王亭雪景

为湖南师范大学法学院博士生导师、长沙仲裁委员会仲裁员欧福永教授摄影作品配诗。

雪落暗长空，琴音岳麓听。
风吹草不动，傲然岳王亭。

（岳飞《小重山·昨夜寒蛩不住鸣》中有“知音少，弦断有谁听”一句。岳麓山下，湖南师范大学校园内建有岳王亭，为文物保护单位。）

珠江入海感怀

大江歌罢竞入海，万千江山留身后。
前方纵有千层浪，海阔天高满西楼。

本书作者在珠江入海口　唐青/摄

画画偶感

画笔锋生风，风过皆斑斓。

心有陌上花，花开渡彼岸。

长江第一湾　张勇/摄

庚子仲春街头随感

一树繁花又如何，落红满地苦春短。
黄昏夕照未及愁，秦皇汉陵已千年。

早春有感

一树嫩绿池边站，云移水皱飘梦来。
风过虽有红花落，但看新蕾渐次开。

山道弯弯　韩建明（中国摄影家协会会员）/摄

深秋抒怀

一日秋尽万木疏，叶落果核归尘土。
莫叹胜景易流逝，来年花开看新图。

中秋扫墓感言

中秋登高慰先严，不知天上秋可高。
人生在世难言志，同仰婵娟共安好。

雾漫小东江　韩建明（中国摄影家协会会员）/摄

冬日展望

一夜朔风吹，万山皆白头。
大地换新装，来年新盼头。

临长高速　张勇/摄

冬雪回想

夜来飞花梦中旋，晨起开窗白雪皑。
最忆年少打雪仗，人不长大想重来。

即兴

莫道观景须远行，十步之内有芳华。
乱花渐欲迷人眼，半由心生半由花。

东江野渡　韩建明（中国摄影家协会会员）/摄

长沙渔人码头

楼立两岸湘江新，唯有浅底鱼难觅。
人生易老天不老，乡愁只待成追忆。

作者在黄河小浪底　曾友良/摄

长沙西湖公园

长沙亦有西湖园，真山真水无尘染。
君问两处谁胜出，有闲放松自怡然。

游东莞黄旗山

黄旗山上半日闲，满目翠绿过目新。
乐犹未解岂知忧，登顶笑看大地欣。

仰天巨佛　韩建明（中国摄影家协会会员）/摄

虎门大岭山

风吹林海双眼翠，山泉绕石水潺潺。
心诚神虔佛保佑，回乡仍忆大岭山。

砥柱长江　张勇/摄

长寿之乡广西巴马

水滴乳柱擎天地，千姿百态尽享受。
洞中世界亿万年，到此一游人添寿。

广西明仕田园

山峰云峰脸对脸，山影水影手牵手。
万里图画万里春，一叶扁舟任性走。

东江撒网　韩建明（中国摄影家协会会员）/摄

广西山水　张勇/摄

福建邵武云灵山

满眼翠绿波连波，一泓清水山中来。

陶令有知心亦醉，清新澄碧洗尘埃。

杂言诗·庚子秋潮

2020年，农历庚子年，秋天多雨，绵绵无尽。

年年秋燥，
今年秋潮。
丝丝秋雨垂天幔，
秋雨丝丝漫。

凄风冷雨彻骨寒，
秋光明月无处看，
乱云未被风吹散。
可问谁，庚子秋潮何凭栏？

调寄忆秦娥·到广州

2018年10月左右常到广州办事，有挂念有期盼，在高铁上填词一首。

到广州，来来去去又一周。又一周，只愿这周，无事不周。

事非经过不知难，再难人勤春会早。春会早，南岭风晓，湘粤秋好。

海岸椰林　张勇/摄

太阳公公露脸了

2019年1月，湖南大部分地区已整整33天不见太阳。1月21日太阳甫现，星城向荣。

太阳公公今露脸
星城向荣争相问
太阳早前去哪了
我们等得心焦了
去年小寒没看见
今年大寒没露脸
整整30又3天
太阳公公不曾见
只有阴雨又寒湿

太阳公公去哪了
难道是感冒咳嗽了
打了点滴抖擞来
或是站岗站累了
去休年假补精神
恐怕是被雾霾熏烦了
转身提醒地球人
再不消减雾霾量
星际履职说再见
太阳工龄已亿万年
年假一休八千年
太阳公公不能急
太阳公公不能走
减少雾霾要努力
更需您来助力跑
减少雾霾大地欣
天蓝水清颐永年

后记：
文学青年永远是年轻

唯有岁月可回首，且以深情共白头。

我也曾是文艺青年，文学梦在中学时开始扎根心中。岁月青葱、匆匆，文学梦被风尘打散。好在一直坚持读诗，偶尔也动笔记录一些心动，于是有了这本诗集。

读诗写诗让我感受到祖国文字的优美和力量，并与我的公文写作相得益彰。我写的公文特别是后期法律实务类的文书通俗简明、有理有据，形成了回应问题、释法明理，让人不费劲就能看懂的特色美文，这与我爱好诗歌不无关系。诗歌创作让我充实丰盈。感谢诗歌，我的写作能力没有因写公文而套模板的惯性致残。

我的一些诗作，受到了很多文友的关注，许多读者给予了热情的肯定，许多评论感人至深，在“掌上长沙”App上有很高的点击量；朗诵家左黄右苍（真名王军民）从朗诵二次创作的角度，给予多次润色，为我的诗作配乐朗读制成音频。有读者说：很喜欢听、很感动，有时晚上要翻来覆去听十多遍。许多读者认为我的诗作有意趣、现代感强，清新流畅、质朴隽永，尤其是讴歌建设者的诗歌非常难得。“不无病呻吟，不故弄玄虚，而是自然流露，随物赋形，宛若清泉漱石、清风拂林，清雅又劲挺，令人如饮甘饴，往大里说，给萎靡孱弱的诗坛，吹来了一股清新刚劲的风。”（朱辉军）“一些桥梁工地的诗歌，那又是风采独具的艺术天地，芬芳沁人，是建设者的礼赞篇。”（张清河）所有这些友声和鼓励令人激动、感动，我铭记于心。

岁月如歌，要感谢的人很多。在写诗方面，要特别感谢朱辉军先生、张清河先生、张辉东编辑、邹立新记者，他们是文学、文字方面的专家，他们从提携新人新作的角度给了我热情的鼓励和悉心的指导，让我的诗作有了更丰富的内涵；要特别感谢王军民先生、郭东方律师，他们以法律人的专注给了我的诗作以特别的关注，让我的诗作有了飞翔的姿势；要特别感谢我的好同学龚智辉、蔡进步、杨帆、许丽萍，要特别感谢我的好朋友涂卓之女士、韩建明先生和我的表姐丑建平、表妹林雪以及我的同事向涛、唐青、王御宇、杨志、鲁卫、冯亮、陈亚平等，他们是我的诗作的第一读者，并经常在第一时间转发我的诗作，让我的诗作有了更多的回响；要特别感谢《湖南日报》湘韵副刊、《长沙晚报》橘洲副刊、中国作家网、《西部诗刊》，他们有情怀、有坚守，精益求精，用稿和退稿都让我受益匪浅；还要特别感谢许许多多知名和不知名的一字之师，让我的诗作有了不凡的提升；当然，还得感谢我的亲人们，他们的至亲至爱让我有了更多的诗和远方。感谢大地、感谢高天流云，感谢路桥工地，感谢威武的“路桥湘军”方阵，感谢生活……所有的所有，都给了我持久的感动和创作的冲动。

著名文艺评论家、中国艺术报原总编辑朱辉军，贵阳学院文学教授、王阳明研究达人张清河，两位良师益友曾为我的诗作撰写了《既生于心，就应拨动心弦》《章山诗作品题》的推介文章，弥足珍贵，令人感动。两文单从文章本身的角度讲，水平极高，实乃美文，值得拜读。此次诗作正式结集付梓之际，朱辉军先生再次撰写了《将刚健清新之风带入诗坛》的序文，让我的诗集有了更为铮亮的底色。

生于斯，长于斯，“湖南路桥”一路前行、一路壮歌。文学湘军、路桥湘军曾是一段不凡的传奇。我成长于路桥建设者队伍，是路桥湘军品牌宣传者之一；

我是在建设者队伍中成长的一名诗歌爱好者、业余创作者，唯有不忘初心，以心中之和弦，描摹真善美，继续为新时代放歌。

踏遍青山人未老，文学青年永远是年轻。

2023年6月15日